野马集

刘美健 著

团结出版社

图书在版编目（CIP）数据

野马集 / 刘美健著. －－北京：团结出版社，
2024.1

ISBN 978－7－5234－0774－5

Ⅰ．①野… Ⅱ．①刘… Ⅲ．①诗集－中国－当代
Ⅳ．①I227

中国国家版本馆 CIP 数据核字（2024）第 021638 号

出　　版：团结出版社
　　　　　（北京市东城区东皇城根南街 84 号　邮编：100006）
电　　话：(010)65228880　65244790
网　　址：http://www.tjpress.com
E－mail：65244790@163.com
经　　销：全国新华书店
印　　刷：北京荣泰印刷有限公司
装　　订：北京荣泰印刷有限公司

开　　本：160mm×235mm　16 开
印　　张：14
字　　数：120 千字
版　　次：2024 年 1 月　第 1 版
印　　次：2024 年 1 月　第 1 次印刷

ISBN：978－7－5234－0774－5
定　　价：58.00 元

诗是文学皇冠上的明珠

杨焕亭

与 2018 年出版的处女诗集《六月荷》相比，刘美健的创作从对生活的审美到意象的撷取，从诗歌结构的整合到诗语的选择，都发生了鲜明的变化。这不仅因为伴随着创作实践的深化，诗人对诗歌自律性的把握更加自觉，更因为他十分注重把一种对生命、生活、生存的哲学解悟融入作品的字里行间，从而不仅突显了文学他律性所要求的时代主题，尤其赋予作品以哲理的深度和诗性的澄明。

哲学与诗的关系，曾经是西方文学史上颇具争论的话题。德国古典哲学的代表人物黑格尔就坚决反对哲学对于艺术的浸入，认为"哲学对艺术家是不必要的，如果艺术

家按照哲学方式去思考，就知识的形式来说，他就是干预到一种正与艺术相对立的事情。"然而，同是德国艺术巨擘的歌德则认为"真正的诗，也就是真正的哲学"，至于英国现代主义大师艾略特却不无豪迈地宣称："最真的哲学是最伟大的诗人之最好的素材。诗人最后的地位必须由他诗中所表现的哲学以及表现的程度来决定。"法国象征主义诗人瓦雷里则直言不讳地认为"诗人有他的抽象思维，也可以说，有他的哲学……"黑格尔被誉为欧洲辩证法的大师，然而，他把哲学与艺术对立起来的观点，显然涂上了形而上学的色彩。而歌德则把诗的哲理性建立在想象的基础之上，认为"想象不断地吸收感觉内的养料，就愈有吸引力，它愈和理性结合，就愈高贵，就到了极境……"也就是凝结成哲学的晶体。艾略特把哲学提到了诗歌灵魂的高度，这无疑是符合艺术发展规律的，更反映了包括诗歌在内的文学的本质属性。用了这个观点来分析刘美健的作品，不难发现闪烁在其间的亮点和看点。

从自然和宇宙的轮回演绎中感受生存栖居的诗意，赋予刘美健作品以浓郁的哲理清澄。从"没有你的身影/前行无比单调无比恍惚/平原，这个冬天没有下雪/渴望置于偏僻之处"（《澄明的花朵》）到"/梦里，花开满了天空/所有的路都是大地的伤口/伤口，在雪中愈合/"（《雪是冬的梦》）；从"不能睁开眼睛/思念总被廉价出售/尤其面对血红的叶子"（《秋思》）到"一切发生与未发生的/围绕着 一片红色的枫林"（《十月》）；从"虽然精彩无法一直存在/但当我们吸收了经历的营养/便不用遗憾飞逝的擦肩而过/迟疑注定无济于事/五月的盘子，也将很快清空"（《五月》）到"迁徙，在春的黎明/追寻丰茂的草地/此刻，饥渴难耐/对粮食的追求/对生的追求/那只是本能，与进化无关"（《迁徙》），从"你再度归来/我望见枝头，焦急地等待/愈靠近/便愈发澎湃"（《归途》）到"冬的别离，轻手轻脚/迎春花却敏锐地醒来/执意相送"（《迎春花》）。星球旋转，四季轮回，在诗人的笔下，烙上浓重的审美印记。春花烂漫，夏雨滂沱，秋实累累，雪舞苍穹，所有的意象，都被诗人强烈的人格化，不但处处澎湃着生命的张力，更积淀着时间与空间的哲学，观照着人作为"此在"，在"在世之世"中绽出的诗意，贯注着主客体之间"思"的对话。因此，一切都是相对的"不是所有风都是风/不是所有我都是我"；一切都是相互转化的，"愈远离/却愈发清晰"；一切都被浇铸成宗教般的敬畏和虔诚"一个北方男孩/初见，在一粒米中/高山，雪原，荒漠，大海/天空，可以作证/他们从此不再分离"。至此，诗人的诗绪被"思"牵引着，不断去除"凡尘"的"遮蔽"而走向澄明之境。诗人的这种

诗性,与中国传统哲学保持了一脉相承的连接。其实,在中国乃至东方审美视域中,自然与人从来就处在诗化的观照中,孔子面对大江,油然喟叹"逝者如斯夫,不舍昼夜",这是一种哲思的诗意表达;而屈原沿江高吟"望鹔鹴而勿迫,恐鹈鴃之先鸣",那是一种诗哲的神思,二者凝聚在"时间"一维的交汇点上,构成异曲同工的生命意识。

对人的生命价值和存在方式的探秘,构成美健作品的另一个亮点。生命诗学不仅是中外哲学的重要命题,更是诗歌审美的艺术价值所在。我相信,刘美健一定对于中国文学史上关于生命的诗廊有过自觉的穿越,无论是庄子的"人生天地之间,若白驹过隙,忽然而已"还是"古诗十九首"中"人生寄一世,奄忽若不飚尘";无论是曹子健的"天地无终极,人命若朝霞"还是陶渊明的"盛年不重来,一日难再晨",生命哲学如明烛光焰,照彻诗人灵魂的每一个角落,也点燃他们纯净而又隽永的诗句。美健是不断回眸传统而又激情拥抱现实的诗人,"我在我思"是他基本的生命方式,而"时光,如一叶小舟/载着/活着的人和活着的灵魂"是他生命意义的美学认知。因此,在他的作品中,处处闪烁着对这一神圣命题的意象呈现。诗人向往宇宙的高度,坚信"脉搏"是"前行的鼓乐",而当"草开始在体内燃烧/火苗的秀发",那一定"便是今夜点亮星光时/连接天空的曲线"，这种王尔德式的仰望和屈原式的求索，正是人之所以为人的类特征表现。这种占据的哲学高度，使得诗人把对历史的聚焦投向拂去尘埃的头颅，当"文字统一了着装"时，当历史"毅然跨越"了"狭隘的鸿沟"，"衔接所有文明的版图"时，诗人以一种穿越古今的目光寻觅到了灵魂对望焦点——"此刻，还有谁？/澄明，如你，凝望，如我"。

然而，所有生命哲学或诗学对生命绽出的"在世"状态的探秘，最终还是要回归到诗人主体自身。既然生命是一条射线，永远不可能重复，那么，那些伴随着季节"轻松的火苗随之升腾"就应该如烛光一样"照亮印入心海的辙迹"。诗人的目光越过"通往山外的青山"，看到前方"开阔之后还是开阔/唯红色渐浓/我在通往山外山的路上/我浑身雪白/像只执着的羔羊"，这种理想主义的审美表达，让思想地活着与诗意地活着如此水乳交融地构成一个整体，从而外化出人的美学存在的本质和力量。而思想地活着需要如古希腊英雄安泰一样依偎"平凡的泥土，沉积着/原始的高贵"，需要"青色的肌肤/在烈火累积的通红的/洗礼中诞生"，需要"沉默，被举过头顶"，让"那些灿烂的希望/一刻不曾熄灭"。这实际上是一种人生哲学的锻造，一种人格的完善。从中不难看出刘美健对诗歌高原的自觉攀升。

　　检索美健创作的风雨足痕，其在结构和语言上也有不少可圈可点的精彩。首先表现在结构上的开合自如。结构意识逐渐走向艺术自觉，少了许多人工斧凿的痕迹，一切都是从生活的源泉中，从审美的心底流淌出来的。如《祖国》那样从"思念的线上/悬挂我青涩的一生"写到"一只雄鹰/在空气稀薄的屋脊上/俯瞰万里疆土丝绸般起伏"；从"守卫远古的士兵、石人和石马"写到"希望那些美好的传说成真/希望我变成你的同类"。显然，诗人纵向的追溯和横向扫描，历史的沧桑与现实质感；物化的演绎与精神的传承；生命的断代与基因的延续，交织成一种绿叶之对于根的民族情怀。而整个节奏是节与节之间呈现出一种自然的演进。诚如黑格尔所说："真正的诗的效果应该是不刻意的，自然流露的。"其次是表现在意象撷取的精粹上。毫无疑问，刘美健的诗语受到现代主义诗潮的影响。然而，他显然力求赋予其以民族化的色彩。他的作品不追求意象的密集和跳跃，而注重意象组群之间的有机联系和转换。因此，读来并不艰涩。再次，诗语的婉约，赋予美健作品以清丽的美感。美国诗人塞琪·科恩认为："一首诗也只是简单地'呈现'正在发生的事情，而不需要陈述给我们什么。"这就是说，诗不能直说。美健对此有着清醒的把握，他的作品通过明喻和隐喻等多种修辞手法，赋予诗作含蓄的美、象征的美。昭示着美健的创作日益走向艺术自觉和成熟。这是一件十分可喜的事情。

（**杨焕亭**，中国作家协会会员、咸阳师范学院兼职教授、陕西工业职业学院客座教授、咸阳市作家协会原主席。）

目　录

目录
MULU

目 录
MULU

第一辑

潮汐

不再一味对应盛开的繁花

在逐渐拉长的时光里

诗的年轮

渡口

我以为，走过了季节
就离开了季节

我以为，只有看得见的线
才是痕迹

我以为，昨天的种子
不会在今天发芽

我以为，重叠的时光
只会在长河里消散

我以为，无尽的思念
只是我的思念

我以为，以为是无边的海
却在一个清晨来到对岸

野马集
YEMAJI

潮汐

诗的年轮

在逐渐拉长的时光里

不再一味对应盛开的繁花

取而代之以花开的原因

坠落的结果和彼此间

愈加地分离

期盼所有美好长久

或者，分离变得短暂

早已习惯了的

一如每个太阳升起的清晨

连同那些寻常的鸟语花香

当胸中潮汐退去

便深知这一切

注定了，不可能是

匆匆而过的昨日

而诗则是

一次次凝结之后

留下的

为数不多的盐粒

求索

向往宇宙的高度

便不惧它的黑暗

迷惘的雾

阻断远眺的目光

孤独的夜无法避免

没有草地，没有水源

这是淬火必经的黑色长廊

石头的冷漠

挡不住花的芬芳

即使干涸蜂拥而至

拒绝浮云，拥抱地平线

河流，也许并不遥远

我已隐约听见蓝色的语言

大地的回音

与根系延伸的旋律同步

脉搏，前行的鼓乐

草开始在体内燃烧

火苗的秀发

便是今夜点亮星光时

连接天空的曲线

攀登者

踩着脚印或者空白

向上，留下足迹

给后来者

越清晰越欣慰

山外的山更高更洁白

风很孤独，如同高地的寒冷

触手可及的天空无比寥廓无比悠远

绵延的相逢抑或重逢

终年不化

云与雪像孪生的姐妹

群峰突兀是表白的姿态

爱情无限接近

空气无限稀薄

澄明的花朵

这个冬天的使命
天空，还未完成
种植漫天飞舞的花朵
作为爱的结晶与象征
而所有回味，遗憾从未缺席

没有你的身影
前行无比单调无比恍惚
平原，这个冬天没有下雪
渴望置于偏僻之处
避免目光轻易触碰
因破碎而泼洒一地的失落

崇山峻岭之中找到了
洁白，宁静，宠辱不惊的你
山石上轻轻消融

哦！这是个暂居之所
再见你时，定是你
澄明而欢快地转身

胡杨

我不希望

我的余生

沉浸在喧嚣和斑斓里

酿制

一坛五味的酒

我希望，在高原

即便贫瘠的旷野

做一株胡杨

枝干，坚韧的脊梁

曲折而雄壮

根，在土层深处追寻

但时刻感受得到

叶子，那片片金色的时光

像晃动的小手

在阳光下，对大地

轻轻地抚摸

沉默的倒影

冬，出世的老者
将河流与桥梁
变回素颜
桥和它的倒影
横卧清波上，如
一把兀自奏鸣的琴弦

风，鼓吹者
鸟，跳动的音符
水，不变的主旋律
倒影，换个角度
在沉默中重新领悟

远方岸线，纤细啊！纤细啊
那是乐谱的边缘
再强的音
也不能泛滥

思考的土壤

疑惑，总在思考的土壤里
诞生，好奇
是催化剂，可以肯定
不是所有疑问都有答案

感受如光线初生
箭一般，飞向更广袤的原野
如同你稚嫩的爱憎
不会永留原地

不再改变了，我的答案
一匹过河的小马
永远的小马，自由行走的小马
我已忘记那一刻
闪电划破夜空的理由

但我深知这一生

要不断独自蹚过

一条条乐享吞噬的河流

水中漂浮着饱浸贪婪的朽木

感受如光线初生

箭一般，飞向更广袤的原野

祖国

一

被风抹去的

我决定留下来，重新雕刻

沿着石上残存的痕迹

那里有引以为豪却又微弱的光

你就在眼前

我却已开始了思念

喜马拉雅是你神圣的乳房

我是你忠诚的孩子

思念的线上

悬挂我青涩的一生

二

一只雄鹰

在空气稀薄的屋脊上

俯瞰万里疆土丝绸般起伏

他要告诉每一株花朵

深藏地下依然跳动的脉搏

平静的背后

除了秃鹫一样的风

还有愤怒，愤怒啊！用血写成

三

高原上孤独的风，下了山坡

就不再冰冷，长河

如你甩出的两条长鞭

抽出闪电的模样

一条清澈，一条混浊

我是闪电上滚动的露珠
对着光倾诉衷肠或者哭泣
而后记下所有经过的村庄
其中一个属于我
聆听每棵树说起做过的梦
直到太阳睡醒之地，入海

四

守卫远古的士兵，石人和石马
即将失去途中获赠的纹路
即将魂归大地
我们会成为真正的朋友
希望那些美好的传说成真
希望我变成你的同类
用来记载
关于你所有的荣耀和尊贵
关于你所有的苦难和卑微
脉络清晰

笑容是唯一的表情

五

石头已经很干净，哦！风！
我知道你一定会胜利
我注定会失败
但我决定了！留下来，守候
风沙里依稀的消息
黎明时分，凿音响起
我看见自己
渐渐地，向一匹马靠近

五月

一

四月，只剩下回味
眼前的五月
盛满了这一时段
所有的馨香与精彩
令人垂涎

二

虽然精彩无法一直存在
但当我们吸收了经历的营养
便不用遗憾飞逝的擦肩而过
迟疑注定无济于事
五月的盘子，也将很快清空

三

总有些使人懊恼的味道

无法避免

盘子本身并没有错

或许破碎的声音也会随时响起

因为意外经常是个不速之客

四

我曾经为五月

播下许多期望的种子

为此我欣然前往

并将虔诚装满了水袋

准备随时浇灌那些不期而遇的惊喜

五

预想的雨还没有到来
我仍然感念着五月
还有刚刚过去的四月
因为它们的确曾真实地出现
并承载过我们的生活

森林

一片金色的森林
人们纷纷走进
沐浴洒落的阳光和风
彼此，并不相识

走动，或者定格
没有语言，但不妨碍
成为彼此的风景
在风景中自顾地追寻

太阳走进巢穴，坚定不移
留下布施，宁静
生活的必需品
可以饲养思考与安睡

从明天起做一只鸟

完成一只鸟的愿望
穿梭，围绕，守护
那片，金色的森林

不是

不是所有日子都有太阳

不是所有渴望都有水源

不是所有犹豫都是犹豫

不是所有前行都是前行

不是所有语言都有诗意

不是所有疼痛都有伤口

不是所有孤独都是孤独

不是所有笑容都是笑容

不是所有坚持都有结果

不是所有再见都有重逢

不是所有爱恋都有思念

不是所有付出都有索取

不是所有风都是风
不是所有我都是我

基因

太阳很忙碌

黑夜很忙碌

心跳很忙碌

语言很忙碌

表情很忙碌

种子很忙碌

藤蔓很忙碌

花朵很忙碌

果实很忙碌

水是生命之源，很忙碌

静止只是你的表象

躁动才是你的基因

只有死亡

无须播种，只有采摘

误解

从前，看见你

破土而出

便知道了，我们

已走进春天

现在，看见你

我无法确定季节

因为被驯服的阳光

留恋明亮的温室

让所有种子

误解了

身边的土壤和外面的世界

立秋

立秋的钟声敲响
我抬起头
看了一眼太阳
擦去额头的汗珠

夏，即将过去
我的怀念
不只因为又一场盛开
还有荆棘

结痂的肌肤
依然酌痛
目光
不断敲击陌生的岩石

热，夏之魂，后来

表达程度，一如一直的

热爱

我的怀念

致世界诗歌日

一

矗立的山峰

并不是每个时刻都能进入视线

或者总是绕道而行

深信总有一天会站在你面前

也许会无数次偏离航线

二

解读深邃中沉积的真谛

如同一把金灿灿的钥匙

打开封堵的闸门，泉水奔涌而出

浇灭蔓延的迷惘之火，解救希望

阻止更多的土地陷入焦灼

三

种植树木和庄稼
并在黑夜里找到种子
以便在太阳初升之时及时播种
给予沉睡的生命
真正的呼唤，真正的苏醒

四

远方传来巨响和刺鼻的味道
不能因此停下手中活计
山坡上，春花无比美丽无比芬芳
足以消融所有凝结的冰霜
不能停下手中活计

五

人群在树荫下汇聚

而后在空旷处，放飞群鸽

每个人都写下属于自己的诗

信使在森林间来回穿梭

不知疲倦

十月

十月，很开阔
此刻，在时光的中心
一切发生与未发生的
围绕着
一片红色的枫林

你的馈赠，落在肩头
一张季节的门票
通往山外的青山
我若隐若现
我只身前往

开阔之后还是开阔
唯红色渐浓
我在通往山外山的路上
浑身雪白
像只执着的羔羊

沙化

一直行走

在一片海滩

我看见涌起的时光

一波，又一波

冲刷着

沙粒和它们之间的生活

所有沙的间隙里

填充着湿漉漉的光阴

真空难觅，即使有

也一定被紧紧包裹

深藏

在激流之下的襁褓里

浸润从未停歇

有一天，它会长大

学会接受海浪

一遍又一遍地冲刷

直至沙化

一切都可以重来

不清楚真实的次序
樱花，像火炬
开始在湖畔燃烧

水依然温顺
判断来自经验之树
累年的花，累年的果

柳不出意外
在头顶，分拨东来的微风
给所有初始的醒悟

你真正的魅力，让
一切都可以重来
又看见你，又看见你
风采，不减当年

秦时明月

塬上，久远的火

早已熄灭

影子在册页中

徘徊，叹息，曾经的

巍峨与雄壮

沉积在黄土深处

唯一见证者

悬挂夜空

文字，统一了着装

之后便毅然跨越

狭隘的鸿沟

衔接所有文明的版图

月下山河气定神闲

此刻，还有谁

澄明，如你，凝望，如我

没有车轮的往复

野草便卷土重来

重复为了不再重复

你抛下一个"圆"字

给生命的旷野

做一切美好的诠释

直至，霞光的披风，给

浑然一体的华夏

披上

山顶

山上
什么也没有
为什么
还想去山顶

她问我时
正好
在半山腰
最累的时候

山顶有风
我们
依偎在一起
看到了，遥远

窗台

谁将一枝春天折回
让你在窗台上
一个精致的瓶子里开放
露出金色的花蕊
仿佛必须完成的使命

略低着头，陷入沉思
数片飘落的花瓣
是你，写好的信札
它就在不远处
澄明的水里轻轻荡漾

信里尽是粉色的记忆
——那棵花树的样子
离开时的情境
和对那片土地
深深地眷恋

第二辑

呼唤

站在雪中
我选择了纯洁

知音

江畔，我的踟蹰
因为一把古琴
的主人
在琴杉轻弦之上
渲染的画作

高山流水，唯一
读懂的人没有离开
沉醉，在悠长悠长的乐风里
一起凝固
眼前，洁白的雕塑

我是个过客
但也有相同的期许
在悠长悠长的乐风里
或者，一首诗里
相似的定格

耀州瓷

火，一直没有熄灭
你从历史的暗影里走出
青色的肌肤
在烈火累积的通红的
洗礼中诞生
而后，开始不绝地繁衍

灵感，源于心间的小溪
铿铿脆鸣
是你蜿蜒的倾诉
甘甜抑或幽怨
平凡的泥土，沉积着
原始的高贵
在冷却的洞窟里调息打坐

沉默，被举过头顶

露出天使的面容，掠过

一缕闪亮的光影

如同酣梦中

那些灿烂的希望

一刻也不曾熄灭

雪，是冬的梦

冬来到山腰
遇见了雪

雪，是冬的梦
梦里，花开满了天空

所有路都是大地的伤口
伤口，在雪中愈合

爱情，此刻醒来
愉快地行走

身后，留下两行
弯弯的月亮

飞翔的缘由

专注于盛开
世界便安静下来

世界的轴心
是一棵树

在我的小小的光波里
表达爱意，从此不再彷徨

小小的光亮
我的小小的宇宙

绕着树起舞，终于找到
所有飞翔的缘由

献上我的花

一

沐浴

在你熠熠的星辉里

沿着幸福

一条盛满春天的河流

逆流而上

试图触及光芒的起点

那里有你青涩的容颜

并以诗之名

献上我纪念的花环

二

选择与真理站在一起

一个英雄的群落

又或是独行

刺骨的寒夜，坚守燎原的星火

一片忠骨支撑的土地

春天来了，一个特别的日子

为黎明前颤抖双手点燃曙光的人

为烈火中永生的人

献上我的花！

三

五岭，乌蒙，金沙，铁索，千里雪……

连接着，今天和纪念碑

是的！纪念碑

站在你的面前

我听见大海澎湃的旋律

如一颗颗沸腾的心跳

如一曲曲青春的高歌

我的爱呼之欲出

最后，停留在更有力量的宁静中
献上我的花！

四

巨石的温情，它的回声
没有如果，无可替代
泪光中的敬爱
不断涤荡
由此而生的豪迈
醮取醇厚的笔墨
书就最直接的告慰
今天，我们重新拥抱
一切英雄与平民
一切高贵与平凡
一切心心相印的纪念碑
献上我的花！

五

惊涛拍岸，我是天空的浪花

一种新的融合

由此我们不再孤单

敬礼，凝眸，聆听

没有香火和纸钱

但有你留下的火种

和无数次梦中理想的田野

以及丰收的麦子和甜果

献上我的花！

六

黑暗与光明之间的荒漠里

你是坚定的拓荒者

漫漫征途，播种自由的心

收获甘露，滋润干涸的目光

于是，今天目光所及

枝繁叶茂广厦千万

而凝固的足迹里

依然流淌着那年那月的风

足迹是足迹的延续，朝向未来

记忆永远不会老去

献上我的花！

必须

——参观重庆渣滓洞白公馆

房子很阴暗

山洞很阴暗

刑具在山洞里

山很疼痛，鲜血

从石头的伤口里流走

山，为什么如此苍翠

什么叫活着？什么叫死亡

你的，我的，她的

黑白照片，微笑的目光

等待着，等待着

骨头的碎片里，理想的太阳

窗外，自由隐约的召唤

而青春却定格在黎明前的光影中

一切都很疼痛
一切在疼痛中永生

山，为什么如此苍翠
因为你还活着
作为见证者
你必须把旗帜交到我的手中
我必须来到阳光下
让不朽重见光明

延安组诗

（一）杨家岭

车轮

在泥泞的路上

转动着

周期，难以突破的宿命

答案在黑夜里寻找

拥有属于自己的良田

种植粮食和蔬菜

收获

民主的豆子

投入心仪的碗中

钥匙就在手上

真理开花了

东方一抹曙红，窑洞的主人

走出窑洞

菜园里，一片生机

（二）革命纪念馆

远去了，河流

黄土还在

回荡着

惊涛拍岸的声音

脉络清晰可见

伫立

沉思如雪

激情，漫卷旗帜

朝着大海的方向

每一朵浪花都含着太阳

矿石成为钢铁

必须铭记火焰

回望激流

还有，一只小船上

遥远的星星之火

（三）南泥湾

没有路，有双脚

没有房舍，掘山为窑

没有锄头和铁锹

炮弹的残片亦能烧铸

一切在智慧里寻找

一切用英勇来实现

荒原像一只蝴蝶完成蜕变

江南在北方扎根

稻穗在风中摇曳

这漫山遍野的希望呵

粉碎封锁的镣铐

窑洞在山腰
不远处，纪念碑上
刻着
九百六十八个名字
四周，开满鲜花

（四）足迹

因为一座塔
一座山，有了名字
后来，成为图腾
山下，我是匆匆过客
风云，千年的文武
眼前，五颗星星
畅游在红色的海洋
一种鼓舞的色彩

自由与解放

吸收了鲜血的营养

我听到猎猎的声音

江河的呜咽，母亲的悲音

号角，炮声，呐喊，欢呼

沉寂不是停止

山还是山

塔还是塔

河流缠绕着神圣

我彳亍在山间小径

你的脚印，我的脚印

千千万万个脚印

一个倒下，另一个接上

你的硝烟，我的平静

一种精神

自下而上传播开来

像极了春天的花

血肉，不同的血肉

灵魂里蕴含着

含铁的矿石

拥抱的泪，是你的柔情

你来自万里之外

云知道，水知道，风知道

冰雪知道，季节知道

石头知道，黄土知道

历史知道，并记下了你的足迹

因为历史并不冰冷

没有断裂！没有断裂

一切是另一切的延续

山下，我是匆匆过客

我走了，但我来过

我来过，不仅仅是一次朝拜

我把自己交给太阳

某一刻，自尊成为

黑暗巫师

束缚的法器

我决定今夜归还

扯下昏暗的盖头

并在黎明前沐浴更衣

窗外，世界的背影

仿佛要离开

当鲜红的答案

从地平线上升起

笑容，在照耀中苏醒

末日并没有来临

我不是懦弱的新娘

我把自己交给太阳

呼唤

站在雪中
我选择了纯洁

追寻已久
灵感，以花的形式出现

所有枝头的拥抱
开始孕育，开始渲染

站在雪中
我选择了纯洁

消融，你更换了站立的姿态
但已深入我的泥土

在种子的血液里
开始流淌，开始呼唤

七夕的献诗

一个平凡的日子

我想起了爱情

闪烁

在汹涌的天河两岸

越是黑夜

越是清晰可鉴

希望有情人重回人间

希望爱情之花在人间找到春天

希望冷漠之河永留天际

不再成为阻隔

让七夕的灯火夜夜点亮

一个平凡的日子

我想起了爱情

希望所有希望都能实现

不仅仅这个夜晚

不仅仅你和我，还有

一起在爱中长眠的

世界和永远

醉春

湖畔的长椅上

背向阳光

匍匐着一个姑娘

双手捧着手机，专注的样子

像只陶醉的青蛙

长椅，仿佛一叶小舟

载着她在季节的海洋里荡漾

不远处怒放的樱花

移动的柳影

拍打堤坝的波浪

还有一只试图上岸的乌龟

所有这些海里的事物

都似春风般

轻微

相遇

林间交错的枝条
是鸟的小街
泉水轻轻奏鸣
音符里溅起透明的惊喜
拍打翅膀或者呼朋引伴
畅饮抑或沐浴
这样的场合
涵养依然散发着缕缕清香

不懂你的语言
我是个不速之客
探寻或许可以打开雾锁
但这也许并不礼貌
此刻，你忽略我的存在
我希望原因
是你嬉戏时的投入
而非我一厢情愿的善意

立冬

没有裂隙
交替的纹路
无须弥合
我们从来就不曾分离

清晨，看见了
雪
这季节给予的醒悟

幽径，草木，山石，原野
沉浸
在纯洁的语境里
聆听，白色的絮语

低头，没有脚印
身后有一串，方向清晰

天使

释放笑容

迎接第一声啼哭

我的月光里

迎来你的太阳

当躯体与灵魂完美结合

你不认为这是艺术

而是浇灌对路的热爱

寻找隐秘的角落融化冰冷

不能停止脚步

花开的地方

留给蜜蜂和蝴蝶

头顶渐落的霜雪

映不出花季

一块石碑上，刻着
青春的誓言

英雄儿女

——致敬河南抗洪救灾

突降，你忘却了慈悲

因为你的懒惰

因为你的烂醉

本应匀给四方的雨水

你却向一处无情倾泻

全然不顾

她遭多大的难，多少的罪

看吧！这是你造的孽

好端端的

房舍、道路、良田、生活

甚至生命

都被你摧残得七零八落

这便是你得意的杰作

呸！你小看了这方热土
中原，不！不只是中原
中华大地！这钢铁铸成的整体
十四亿颗跳动的心
一刻也不曾分离
任你的如意算盘敲得山响
也注定失败的结局！

暴风雨是战场
此刻，所有人都是战士
先自救，再施救，再施救
个、十、百、千、万……
手牵着手是生命的链
喊着号子，异常坚定
不知谁起的头
不约而同，齐声呐喊
誓要蹚过这疯魔似的河

几个柔弱女子

困在急流中央，一脸绝望
生死时刻，你的盖世英雄
开着大铲车来救你
跳入陌生的车斗
稳稳上岸

五十多名儿童和老师
乘坐的大巴陷入水中
子弟兵及时赶到
用原始的力量
将花朵儿全部营救
我们的"未来"无一哭泣
只一句：谢谢叔叔
从此记住了
一种无言的力量

还有很多，还有很多
感人的故事
血肉长城——人民子弟兵

哪里有需要，就在哪里出现

一幕幕似曾相识

仿佛昨日重现

我似乎看见漫山遍野的红色旗帜

我望向天际

重复初始的断言

乐曲

激流与山石的碰撞
像姻缘
有追寻也有等待

将花朵抛向空中
接受阳光的洗礼
折射出小小的七彩的虹

梦寻找重生
一部分存活下来
保持愤怒或归于平静

花开的声音是疗伤的
乐曲，适合坐下来
倾听回味

中秋

平凡的日子
渴望纪念，终于
在一个秋天找到理由
关于月亮

推开木门
记忆挤在一起相互取暖
而后倾听
石头般古老的语言
那个一再重复的故事

两个月亮
对望，始于分开的瞬间
天上的，圆了
地上的弯成弓弦，像
一个问号
问断多少诗人的惆怅

项链

去个长满蔬菜的地方
那里有惬意的早餐
像美好的约会
我准备好了
休息日的上半场

上坡和下坡
在一段必经之地
拐弯处像银色的鱼钩
勾起诸多往事
遥远的居多，近处的偏少

时光的宝石
被情感紧紧包裹
我需要一条链子串起
以便不时看见
它们在胸前轻轻摇晃

古豹榆木树

习惯了寂寥

没人能陪你一千七百年

兀自活着

在这寂寥的旷野

无欲

是所以长久的密钥吗

春天是你的早晨

冬天是你的夜晚

剩下的季节用来歌唱

从绿到黄

清风拨动琴弦

是你飘飞的发丝

偶然滴落

在你悠长的生命线上

我是小小的晨露
看不清未来和结局
如无数诞生又消失的想法
读懂了你的沉默
我们都是彼此匆匆的过客

是否，还记得当初
那个种下毫末的人
你使我想到
他的幸运和幸福
即使他籍籍无名

上千个同心圆
那是，有形的时光
许多事
你也许早已忘记
其实，也无须记得

窗外

我是窗外
久久徘徊的
一束光

期待着，期待着
那扇
摇曳着茉莉的你的窗

为我，轻轻开放

蝉鸣止于一片落叶

从来没有在意
身边的你
何时开始，又何时结束
不止一件
我忽略了沿途风景

叶从空中飘落
像个休止符
止住蝉鸣，我敏锐地发现
这一点，非常肯定
音乐停止了
却找不到记忆

蝉鸣，属于夏日
很久以前便知晓
从不在意，如同某个清晨

发现母亲原来已很苍老
我知道，我忽略了
很多珍贵的过程

第三辑

野马

世界从一种孤独

走向，另一种孤独

野马

一

一匹孤独的野马
在寂寥的诗行里
埋葬孤独
与生俱来的
冷峻，孤傲，忧郁
悲壮，凄美，伤口
渴望的眼神
游走在自由的河边

二

哦！我的渴望
为何现着回归的模样

阳光，田野，草帽
茅舍，袅袅炊烟
池塘蛙声，鸡犬相闻
我的渴望原是从前
丢掉的纯真与爱恋
一种温暖的陪伴
是爱的终极意义

三

然而，孤独
始终挥之不去
世界从一种孤独
走向，另一种孤独
黄色的火苗
渐渐熄灭

四

一匹孤独的野马
在寂寥的诗行里
埋葬了它的哀伤
迎风而去
不再回首
向着寂寥的草原

迁徙

迁徙，在春的黎明

追寻丰茂的草地

此刻，饥渴难耐

对粮食的追求

对生的追求

那只是本能，与进化无关

投入大海，成为浪花

涌向诞生的岸边，那个港湾

可以停泊思念

尽管那里愈加荒芜

无言的约定，必须执行

即使在梦里

灰尘，封锁了天空

羊群即将窒息

一只角马落入鳄鱼的口中

灵魂依然热爱着

远方飘荡的云彩

云彩啊！自由的心

或者，为了清澈的水源

换个水草丰茂之地，重新安顿

疲惫的肉体与受伤的灵魂

新的栖息地

必须靠近道路和诗

以便再次迁徙

必须靠近高地和洞口

以便触摸飘荡的云彩

路

大地之乳，在风中
此起彼伏
我不属于静止的这里
天黑之前，必须赶路

黑夜终究要来临
用足迹里的
火种，点燃希望的灯火
照亮母亲的母亲
以及溯洄的远古，凹凸的
地平线以下
彼此之间，并不遥远
体内古老的血液
与沉睡脚下的古老灵魂
共鸣，声如洪钟

大地之乳，在风中

此起彼伏

我穿行而过

遇见荒漠，水源，还有灵芝

崖下

崖下，遇见一棵树
乌龟似的
昂起头，望向天空
背上是垮塌的巨石
苔藓，藤蔓，包裹着枝干
头顶，一个鸟窝
它努力的样子
让我想起
一些读过的人

武陵源

天黑前就得离开
这幽深的手指似的峰林
指向天空
你要告诉我什么

天空写着久远的预言
人类的头顶高过山顶
试图浏览
一切耸立的沉默

一只迁徙的鸟
驻足在你的肩头
触及，你紧闭的眼睛和
沉寂的心语

土家歌谣在火光中唱响

唤醒天空闪烁的乐谱

或许，这才是你

衷爱的篇章

天门山

门，悬在云雾里
不像季节的院落
即使停下脚步
也可以轻松穿越

一座山敞开心扉
用平静和高度
验证一切
攀登者的虔诚

我没有诉求
慕名而来也没什么不好
为此，我做了充足的准备
与你靠近

没有门的门口

一颗颗惊叹的心停下来

试图触摸

叩响，关于未来的门环

青海湖的献诗

高原上英雄似的山峦

作为守卫者，连绵不绝

绿色披风从天际飘延至湖边

缀满斑斓又自由的珍珠

原始的风吹动你的秀发

——巍峨的山巅变幻莫测的云彩

大海离开时充满不舍

青海湖是你转身滴落的蓝色泪珠

生长在湖畔的鱼类，你忠实的臣民

品尝出其中的咸涩和爱恋

沧海桑田，坚守的爱情依然纯洁依然神圣

水天一色，他们在天地的边缘衔接拥吻

山上飘扬的经幡与脚下摇曳的格桑花

在诵经的风里遥相呼应

每一次呼吸都与祖先的灵魂轻触融合

五体投地的匍匐，如一叶小舟

每一步都是一首驶离苦海靠近彼岸的诗

并以风为马在草原上传诵

白云以醉人的风姿

在蓝色的穹庐下做忘我的诠释

茶卡盐湖

茶卡，达布逊淖尔
都是你的名字

悬挂在柴达木的胸口
天空之镜，天空的闺房

人类如同瑕疵
死亡，如此澄明

欲望失去庇护
我是如此渺小

白色的火焰，赤裸地燃烧
然后沉入静谧的海底

最后的澄明，不用担心孤独
我终将走进你

母亲，今夜过兰州

我在桥上，终于

见到了母亲

一条金色的河

波涛是您的脚步，从未停止

北上

您从这里转身

捎去粮食和水，荒漠里

满是您放不下的牵挂

那么，亲爱的母亲

请带上我

与两岸的儿女

同样炽热的心

那么，亲爱的母亲

请不要再像儿时那样

独自吞咽苦难，留下仅有的甘甜

这一次，有我在您的身前

母亲啊！金戈铁马已经走远
今夜繁星点点，有些许寒意
而您两侧的臂弯里
储存着许多温柔的梦
正随涛声悠悠展开
梦里，我牵着您的手
一起转身，一路向北

剑门关

剑门关和我
穿上冬的外衣
厚重而沉默
天空，用雪花庆祝轮回
我又一次落后

飞逝使坦然变得消瘦
于是，不断寻找
能够接受的触角
伟大与忠诚
绵延在季节之上琴瑟和鸣
没有裂痕

如同，你曾经来过
而今
我站立的山冈

紧走几步，关楼前

关于你的演绎

刚刚开始

阆中遥想

桃花源里桃花缘
不是爱情的专属
三国的故事
有个美丽的开头

嘉陵江，如玉，温润
江畔
一座城一直活着
古老的酒坛里，酒是新的

张飞，叱咤，在宣传画中
遥想当年
当阳桥头神一般的存在
却难料梦中，惨淡的结局

桃花源里桃花缘

一生不曾走出

你是幸运的

你留下故事，很多人

没有

褒斜古道的风

芙蓉的理想不在干涸的岸上
当美丽成为错误
纠缠于一段辉煌的尾声里
笑容，成为无辜的注脚

你的路早已凋零
崖上栈道是崭新的跨越
安详，在山谷里盈盈地漫溯
如同我注视你的目光

这次是重来
偶然抑或刻意已不再重要
依稀的忧郁沉积于此
是我莫名的牵绊

伊人，已经走远

而远古的风不断吹皱

我已然平静的心海，浪里凝眸

脚下，一张张册页

人去，山不空

轮渡

——游嵩山少林寺

你在中原，与洛阳

南北相望

少室山的丛林里

一位自西而东的尊者

播撒慈悲的种子，光芒普照

让心田不再荒芜

香烟似你的神秘

缭绕在晨钟暮鼓间

经书禅卷里

达摩的禅意渗入石壁

塔林

——思索沉积的钟乳石

你开启的不是空门

苦难降临

你不是旁观者

腥风吹起血雨

你没有重复懦弱的故事

正气，亦是禅意

功夫，融入佛法

漂洋过海

松柏间钟声回荡

这一刻，轮渡启航

终南山

秦岭，古老的羊群

北斗星用深情

守护你

永恒，绵延，生长，牧歌

绝美的脊梁

挺起高贵的头颅

统领万里锦绣与四季绚丽

诗人的脚步与他的诗篇

无法割舍

小溪，蜿蜒的血脉

溶着你的博大你的厚重

北上

流向伟大的心

白云与清风的仪式里

走近你

不忍离开不是归隐

俯身捡起，你

始终无法消融的一缕白色

我周中去看你

——给大秦岭

没有选择星期天

我周中去看你

知道你喜欢安静

安静才是真实的你

安静你才会微笑

微笑让你如此美丽

你让森林尽情舒展

你让鸟儿自由飞翔

你让泉水纵情歌唱

泉水梳理了石侧的青苔

然后挽着花瓣儿跳起舞

他要带她去远方流浪

没有选择星期天

我周中去看你

因为你告诉我

那两天你很疲惫

嘈杂的声音让你无法安睡

浓浓的烟尘让你无法呼吸

森林不再茂密

鸟儿不再飞翔

青苔变得斑驳

泉水四处寻找他的花瓣儿

没有啊！没有啊

她去哪儿了？她去哪儿了

没有选择星期天

我周中去看你

因为你告诉我

你有美丽的珍藏

在安静的夜色里给我

你托出一弯晓月做灯

让闪烁的星星点缀

让连绵的群山做幕

让小虫的微鸣伴奏

你面带微笑婀娜起舞

但你的舞步稍显迟缓

笑容里含着一丝幽怨

没有选择星期天

我周中去看你

从你迟缓的舞步里

我知道你受了伤

从你幽怨的微笑里

我知道你的心很痛

我知道你不想让我看到你的伤痛

你是为美丽而生的

我会在这里静静地陪着你

直到你心中的阴霾散去

直到你露出灿烂的笑容

直到永远

千寻

——再走大秦岭

总在迷惘的黑夜

走进你

轻抚，你裸露的骨骼

伸向天际的崖壁

找寻，伤口上残留的记忆

你与岁月，并驾齐驱

碰撞

溅起坚硬的浪花

捡起一颗，放入手心里

与永恒作长久地对视

我是幸运的

从你开启的窗口

看见你，晶莹的姓氏

和血脉里盛开的繁花

一切，绝非偶然

我没有带走浪花

放回原处

行囊已经充盈

趁天色尚早，上路

沿着你溪流似的久远

复活

河与塘一岸之隔，水
流淌的是活的
抽到池塘里，停下来
就死了

那油油地腻
再稀释也还有腐气
还好！这世上
没有绝对
太阳和风就是出路

云，飘在天空
去那里重新孕育
最好！在一个干涸之地
再次降生

友谊

空空的行囊

装着

一首关于你的诗

荒漠里

不时翻出来看

以至于背诵下来

这样便不用停下脚步

也可以

及时补充

来自远方

你

给予的力量

归来

——纪念诗人余光中先生

你是江南人

江南水乡，住着

你的乡愁

鸿雁降落

在浅浅的海峡，诗

是你，从未间断的守望

你终究要归来

也终究能够归来

如同叶对根的情意

你是江南人

桂花树下，住着

你的乡愁

等你续写，归来的诗

落差

最早，在书架上
发现你的美
仿佛开在山巅的心花
圣洁无比无处不在

连四季都弥漫着
你的芳菲
似乎永不凋零
跋涉，丈量，弥合
梦与真实之间的落差

跌撞无数
从不认为这是虚度
书已不见
而你的芳菲依旧
我心依旧

镇北台

龙抬起头
望向北面的草原和荒漠
河流，从眼前流过

草还是那草，羊群与马群
不再流浪掠食
风沙自此情绪低落

对所有造访者微笑
我要告诉他们和他们的孩子
现在，我是一只鸽子

砖已经发白
文字像稀疏的发丝
龙抬起头，看见蓝色天空
几朵白鸽似的云
从眼前飘过

靖边波浪谷

深入谷底弹奏大地
裸露的琴弦

站在高处看见裂隙
处于低洼，四壁皆为山峰

风和水都是刻刀
交给时间慢慢雕刻

倒影是红色的
波浪也是红色的

坍塌的角落
一棵北方常见的榆树

躯干扭曲着
努力地寻找阳光

沿黄公路

沿着山脚行走
陪着母亲河一路向南
这应该是重逢，你从天上来
初识在幼年的诗里
从此开启关于你的想象

心愿是一棵树
随着时光生长开花
一半真实，一半虚幻
花香在皱纹似的黄土
沟壑间随风飘散

由塞外向中原
追寻，不是简单重合
亦非为了某种对比
只是陪伴，只是陪伴

思绪在起伏的波浪中漫溯

沿着山脚行走

陪着母亲河一路向南

从重逢的那一刻起，我知道

相聚只能是稍纵即逝的片刻

片刻依偎

依偎在你厚重的右侧

乾坤湾

三百六十度转身
在飞流直下的浩荡中
这是偶生的留恋吗

集聚所有曲折的模样
仿佛在原地踱步
那是行至中年的思索吗

你从远方来
阳光照耀着流淌的沧桑
去向，另一个远方

既然选择了奔流
必须朝向大海
让理想的蓝色遥相呼应

回归，一种必然

初生必是洗礼

而后，新的开始

第四辑

太阳雨

对于天空，我们
没有不同

焰火

秋日的焰火
脱离根系
阵痛与欢愉，短暂交错
而后，记忆的手
将距离再次拉近
以至于，可以拥吻
可以融合

不再恐惧，不再悲伤
重来，没有了丛生的
恍如隔世
沉重，在落地时消亡
轻松的火苗随之升腾

照亮印入心海的辙迹
我双颊绯红

热浪涌向岸边的沙滩

不仅仅是，重温

每个足迹里

满盛的

那个季节的风

天空作证

——端午节的致意

时光，如一叶小舟

载着

活着的人和活着的灵魂

在五月的岸边

默念一块石碑上

孤独的铭文

纪念，与头衔无关

忠诚的粮食和关于站立的故事

被翠绿色的叶子包裹

伴着古乐，呼唤

你的归来

初见，在一粒米中

135

高山，雪原，荒漠，大海

天空作证

他们从此不再分离

亲爱的母亲请你相信

亲爱的母亲

请你相信

每一个人，都是

参与者，奋起者，战斗者

在冠疫横行的日子

我们静止，心连心便是钢铁长城

我们静默，用沉思之泉濯洗双眼

亲爱的母亲

请你相信

硝烟起，这一切并不陌生

硝烟起，正是又一次觉醒的时刻

硝烟起，巨人啊！这是你的必由之路

在中华民族的包围圈里

敌人已是强弩之末

敌人终究无处可逃

亲爱的母亲

请你相信

你的孩子

——坚守在所有战线上的

一颗颗圣洁的心

都已听见，冲锋的号角

亲爱的母亲

请你相信

胜利终将属于我们

一切美好终将踏上归途

到那时，我们再献上所有

深情的吻

到那时，我们再尽情挥洒所有

离别的泪花

这个春天没有拐弯

一

即将三月了，还没有看到
河畔的迎春花，是否灿如昨年
窗外，不再是皎洁的月光
疫魔仍在四处叫哮
不时露出狰狞的面孔和獠牙

二

人们退守混凝土的丛林
彼此隔离
让魔鬼没有可乘之机
坚守也是战斗
口罩、手套、消毒液成为

有力的武器

三

尽管空气中弥漫着焦虑和不安
但仍然时刻倾听着
前方的消息
战斗在持续，不分昼夜
英雄的白衣天使，前赴后继

四

责任、使命、担当
融入
继承了古老基因的血液中
潺潺流淌
纯洁的潮水，一浪高过一浪
不断冲洗着
被病毒肆虐的大地

五

此刻，逆行者正用智慧和双手
凿击冠疫藏身的巨石
打开生命的通道
让迟滞的江水尽情奔流
引领受难的同胞抵达温暖的方舟
而后向梦想的彼岸进发

六

选择逆流而上
方向仍是春天
她就在山的另一边
迎面而来
这个春天没有拐弯

七

聚集所有关切的目光

投向没有硝烟的战场

最可爱的人啊

正穿越敌人设置的沟壑险滩

汗水

在沉重的隔离服后交织流淌

我知道，你无暇顾及

窗外的季节

八

有一个想法，我们一定重合

那就是

胜利的日子早些到来

待到凯旋时

勇士们啊！

一个也不能落下

九

这个春天没有拐弯
我已隐约看见你的身影
那片葱郁的生命之林
蓝天上白云朵朵
像极了天使们，迷人的笑脸

旗帜

——给逆行者张建华

一

抗击新冠的战斗，在冬天打响
湫坡头，是个无名高地
这个春天
你是勇敢的逆行者
将平凡之地带入人们的视线

二

二十六个日夜，连在一起
前沿阵地的坚守
漫长又短暂的光影

消杀，宣传，检查，接送
一再重现
在每个熟悉的角落

三

你是钢筋铁骨吗？
你是铁石心肠吗？
不！因为希望
因为渴望
因为铭刻心间的责任
因为洗礼时，誓言里回荡的担当

四

战斗就要结束了
春天来了
亲人们期盼的笑脸
像春花一样轻轻绽开

145

此刻，你却遗憾地倒下了

五

定格
在黎明前的战车上
手依然紧紧地
按响，冲锋的鸣笛
车轮停止了转动

六

你走了
在曙光初现的时候
不！你没有离开
你高高举起的
"不忘初心，牢记使命"的旗帜
正在高地之上，迎风飘扬

太阳雨

沉闷，占领了屋子
我是战败者
退守
湖边
遇见了，太阳雨

阴晴交织的戏
在空中演绎
炽热与冰凉的糖果
洒向
道路，草丛，和我

对于天空，我们
没有不同
风雨骤起时
鸟儿们可以躲避
但是，道路依然

下在午夜的雪

下在午夜的雪

悄然无声

如同十字灯红色的光芒

只挥洒，无惊扰

下在午夜的雪

无比安详

灯下的你无比晶莹

落在我洁白的衣上

下在午夜的雪

无法分享

因为，我要转身了

回到那洁白的岗

七月

是谁？偷走了
七月，美丽的衣裳
我两手空空
只有淡淡的烙印

聒噪的太阳和枝叶
向我的梦里张望
七月的河流
只有水声
我丢了
七月，美丽的衣裳

你许诺
送一件相同的衣裳给我
可我一定无法穿上
因为那时
我已是未来的模样

没有发生

这是一条熟悉的河岸

我蜷缩在树荫下

躲避喧嚣的太阳

不知名的鸟

抢走湖的孩子

水面的伤口，随即愈合

一切仿佛没有发生

捕鱼人在撒网

人群，忽然聚拢，围观

像一群饥饿的鱼

遇到芳香的饵

而后，与收起的网一同消失

一位上了年纪的环卫工

走入树荫

休憩，片刻，接了个电话

重新走进太阳

树影有些偏移，除此之外

一切仿佛没有发生

柳

每次画春天，便想起
河边柳

这绿色的帘幕
藏着，风，燕子，小船
不露声色

切换姿态
主角不一定鲜艳

它在笔下
总是或远或近或浓或淡
或隐或现

芦苇

芦苇，这平凡的草
一年一代

常去塘边，所以认识
它们的父辈祖父辈

这平凡一直重复
一个故事

开始时疯长
抢占泥土和天空

最后疏萎
无奈地放下身段

原谅

风
我不怪你
磨去了
我
所有的棱角

因为
我的一部分
从此，可以随你
走遍
天涯，海角

旗袍

你总是优雅地走过
我的梦境
身上定是穿着
一件绣着小花的
蓝色的旗袍

城市寂寥的夜晚
应是秋雨过后
被揉碎的灯光
撒在悠长的小街
依如扫不去的孤寂

白皙，短发，蛾眉，团扇
却终究没有语言
不曾回眸
眉间施着一丝

淡淡的幽怨

让我化作光的碎屑吧
撒满一地，在你的脚下
直到蓝色芬芳
消失在悠长的小街尽头
原地，依然闪烁的
是我揉碎的心

春过华清宫

一

长安还在那里

骊山还在那里

烽火台还在山顶，火早已熄灭

脚下，热泉还在潮涌

古老飞燕已在寻常处

找到落脚的檐廊

幽王的汤勺里满盛褒姒的微笑

埋入册页深处

华清宫不再是他们的专属

二

清泉，温暖的生命之源

滋养与生俱来

无可挑剔，从不选择

一味灌溉，曾与岩浆为邻

蔑视

一切炽热的洗礼

没有畏惧，没有退却

向上，向上，终至阳光下

三

长歌在轻波上荡漾

我循着余音穿过雾霭

盛景像春天的卷轴缓缓铺展

试图描绘其间朦胧的你

海棠，一个石头砌成的汤池

雕塑在窗外，洁白而丰腴

我宁愿相信这定格

是选择后的坚守

爱是唯一泉源

四

你已经走远
不用过多想象
你曾经来过并留下芳菲
这已足够，这已足够
我在水中央
也不必询问我的故乡
我只告诉你童年的故事
忽略来意，忽略结果

五

丝绸从脚底飞升
围绕，而后轻轻滑落
哦！女郎，遥远的女郎
你一定知晓
这缕亘古流淌的平凡与宁静

而巍峨的骊山似雄浑的肩膀

你化作一抹霞光

轻轻地斜倚

雨后

你把自己轻轻隐藏
在湿漉漉的暗影里
不断撕扯
我搜寻的目光

雨后，乌云不在头顶
只有明亮的风
缓缓填平
横亘眼前的沟壑

但我不能寄望于风
风只能让心飘荡
而我要扎根在你心里
如同你扎根在我心里一样

编辑部

米已入锅，微火

上桌之前

还有很长的路

夜空，闪烁着

守护炉火的眼睛

稀疏抑或稠密

分享，存在的理由

所有海里的事物

在这里，终以诗之名

——呈现

青青河边草

平静的池塘，像

季节

蓝色的眼睛

青青河边草，倒影

如你的睫毛

与夕阳琴瑟和鸣

一只洁白的水鸟

和我，在一幅画中

对视良久

在通往彼此的

心的路上

忘却季节的萧瑟

回眸，鸟儿
如诸多的相遇
它已经离开

森林

一片金色的森林
人们纷纷走进
捕捉滤清的阳光和风
彼此，并不相识

走动，或者定格
没有语言，但不妨碍
成为彼此的风景
在风景中自顾地追寻

太阳走向巢穴，坚定不移
留下布施，宁静
生活的必需品
可以饲养思考与安睡

从明天起做一只鸟

完成，一只鸟的愿望
穿梭，围绕，守护
那片金色的森林

元旦之诗

一个，又一个，站台
重复抑或改变
没有人
比自己更了解自己

时光，叠加，抬高，消逝
拾级而上
执拗，无可阻挡
即便貌似可怕的世纪之疫
这一点，值得肯定

不可预知永远存在
但它不是重点
五彩的过往，斑斓的未来
正掠过午夜静谧的窗

年的尾部
一只猛虎走出森林
牛已没入雾霭
它曾是我的坐骑

蓝月亮

轮回，你有千万个
我只有一个
今夜，你路过我门前

无比珍贵
是初见也是诀别
如同生命里诸多的相遇

你绯红了脸
镌刻下这个时刻
在宇宙的界碑上

暗影里牵手，不舍
重焕光辉
却是你转身的时刻

你的归途，我轻轻地挥手

第五辑

归途

韶华易逝，烟花易冷
你是永恒温暖的根系

云，一定是有根的

在欢乐的天空
成云
倦时，落地，为雨

眼前
钭织的帘幕，映出
它的前世今生

云
一定是有根的
不然，为什么

飘来飘去
很多年
总也离不开你的视线

迎春花

冬的别离，轻手轻脚
迎春花却敏锐地醒来
执意相送
背影消失，风里
鼓起一串串金色的喇叭

转身，将一扇门打开
你的鼓乐是喜庆斑斓的
让阳光和风可以自由出入
悬挂，早已织就的
翠绿色门帘
而后开始收拢
庭院里散落的冬的碎片

哦！我怎能任由你忙碌
却插不上手

呆呆地，垂立

缓缓地

向渐暖的季节深处陷落

归途

时间在路上
一个漫长，一个遥远
风景在窗外
无心浏览

你再度归来
我望见枝头，焦急的等待
愈靠近
便愈发澎湃

小路，枯草，桃林，老房子
佝偻的身影
愈远离
却愈发清晰

韶华易逝，烟花易冷

你是永恒温暖的根系

萦绕，在无数这样的夜晚

尽管一切，已是从前

杏花林

九嵕山，山路弯弯
三月寻访
你怀中的杏花林
神往已久
路的枝条不断分叉
让沉睡的犹豫苏醒
而一座山峰的出现，坚定了
最初的信念

有些迟，但又不迟
漫天飞雪，你的独舞
愿我的到来没有惊扰你的修行
向导姑娘家在山下
她笑着说："今年下雨，没赶上花期，
明年花开，一样的红火。"

三月，花的一生

没有等待

擦肩而过，回眸

错过你枝头的模样

却走入你飞翔的时空

季节，没有遗憾

麦田，绿色的船

该用什么来丈量
我们之间的距离
岁月抑或真实
都无法跨越
横亘眼前深渊似的陌生

麦田，绿色的船
无法再次起航
你早已接受了那个翩翩少年
缓缓走远，而我
才刚刚接受了你的变迁

沉默，相对无言
一次又一次地不由自主
前去探望，捡拾残留
即使只剩下遥望远山的角度
即使从朝霞到夕阳

荷塘月色

六月，一座绿色的殿堂
莲灯点点
映红落满尘埃的脸庞

起舞或者安睡
碧波之上
污浊知难而退

精神之神
从目光里缓缓走出
前往圣洁的宫殿

夕阳的光辉里
拂去沉重的杂芜
背影渐渐模糊

四周，田野很干净

庄稼之外还是庄稼

月光，浇灌众生

秋

秋的深处，山河明朗

果实如过客匆匆

离开驿站

母亲的乳汁已经干涸

回归的日子即将来临

我和坚守的叶子

选择沐浴眼前的夕阳

无暇顾及昨日的消逝

回归的日子即将来临

我愿化作一片落叶

亲吻热土

让它在沉默的季节

汲取我的一切

滋养枝头未来的梦

秋天的聚会

我们将获得的
所有斑斓
第一时间投入
彼此的河流
滋养远方的大海

秋天的聚会
少不了累累的果实
丰收了喜悦
丰收了沧桑
枫叶像极了你的脸庞

无言的诉说，来自于
额头平添的沟壑
我在这里
播下以后的季节
对你深深地思念

秋思

我梦见，秋天
你的美
胜过身后的牡丹

因为，所有
被距离渲染的丝线
已被我兑换

兑换成，永恒
不变的粮食
我丰收的思念

不能睁开眼睛
思念总被廉价出售
尤其面对血红的叶子

黑色的马

在黑色的田野

不断，收获秋天

山峦

沸腾的血液

流过遥远的界碑

那是向往开启的地方

天色已晚，你还在留恋

已然模糊的背影

山峦的暗影

仿佛肩膀的轮廓

站在肩上可以触摸天空

你就在眼前

我却已开始思念

夕阳如你的眼神轻落

在我的身上

我要载着你走出

你无法走出的远古沟壑

夜幕降临，与你一起重温

昨日的梦

树

下雨了
爸爸来接我

爸爸像树干
伞是树荫

风总把树荫吹向我的一侧
树干全湿了

雨，在我的四周
纷纷滴落

调色

骄阳在天空
麦子和主人在田野
接受炙烤，一起发黄
他们都是亲人

没有太阳就没有收获
所以只顾埋头收割

麦子开口的时候
只说一句话
时间，不多了

乌云可以带来片刻阴凉
此刻，没人希望它的到来

一只手提馒头

另一只手提水
我知道，我还很小
但我必须奔跑

冬日的心事

冬日的心事
不敢遇见河流

风
不断吹动往事的芦苇

没有雪
却有雪一样的絮语

太阳说谎的时候
非常明亮

失落的贝壳揣在怀中
像等待开启的心锁

偶遇的石子
抛入水中，没有痕迹

母亲节

日子，像念珠闪着光
如此安详
节日镶嵌其中

感念，触摸，细数
每一颗珠子
初始之地何其相似

不用担心混淆
胎记接近永恒
触及，便立刻感知

时光与附着其上的冷暖
循环往复，而后
散发出温润的光

如果闭上眼睛

过往皆成画面

与母亲曾告诉我的

一样

承诺

钉子，钉进木头
一个木箱就不能再打开
埋入地下，与某些教诲的语言
一起成为永恒

小时候与祖父生活
关于一言九鼎的寓意
是他教给我的
所以深刻，除了源头清澈
还有背后疼痛的印记

承诺，像钉子
钉进木头就必须实现
每年清明节
在火光中祷告的时候
都要将这句话
重复一遍

镰刀

雨，下了很久

墙角

蜷缩的镰刀让我想起

长眠村外的

爷爷

流着褐色的眼泪

荒草，淹没了

回家的路

大地和天空一样混沌

我挥起愤怒的镰刀

乌云顿时乱了阵脚

缝隙里露出金色的胡须

很早以前，您说过

这是

爷，出来了

你的形象在我的双脚上

十二年里一定有你
百兽之王，茅屋那么大
门是口，窗是眼
进去再见不着妈妈
至今害怕黑屋子
我和我所有兄弟姐妹一样
心灵初垦之地
藏着威慑的源头

你的形象在我的双脚上
露出獠牙
吓退一切心魔与梦魇
我和我所有兄弟姐妹一样
走出很远还能看见
你和你守护的村庄
还有许多消失的脸庞，依然
清晰，生动，可鉴

摇篮曲

窗外，频繁地对话
混迹于夏日
很快失去水分

丛林深处水源
选择小草的低语
或者沉默

植物是原住民
我不是哑巴，因为我不愿意
你变成另一个我

你只言生长，像极了
久远的麦田里那个熟睡少年
耳畔轻轻地摇篮曲

相册

我在这里
你在那里
昨日就在眼前
昨日已经走远

希望的宝石
镶嵌在轮回的段落里
走入记忆
不断延伸的相册

思绪总在冰雪飞舞时
凝固
而身旁一处安静的角落
新生，已轻轻闪烁

远方渐渐发黄，斑驳

唯一确定的画面

我在这里

你在那里

一切安好便已足够

书签

土墙里
斑驳的木门
像没有牙齿的
爷爷

迎来送往很多季节
很多人
出了门，再也没有回来
木门还在
它认识我的童年

很多年后
我，回来了
木门
做了我乡愁的书签

雨水滴落的屋檐

叶子和我一样
知道你，终究会到来
没有太多期许，没有太多幽怨
一如很多个从前
总在浑然不觉中靠近

学会了，接受
你渲染的所有色彩
面对生命的偶然
一切都是礼物
一切都无须辩驳

秋雨之美
聚集在屋檐下，串串滴落
音符如此宁静
将思绪引入纵深的路径

四周的光开始入眠

季节即将换下绿色的衣裳
雨，不再是哀伤的灵魂
明天的天空洁净而高远
叶子和我一样
知道你，终究会到来